詩思穿林

林蘭 著

目次

讓名字記錄這親親之愛

在你的天空空靈明媚著

容許存放社工師的大眼

給我小詩生活大觀日出

另一種路過山海去采風

輯一

讓名字記錄這親親之愛

三代同糖

把你的舊衣穿出來
複習
我青春的身影　你屬龍
的歲數
恰好是孫女龍翔
翱飛的
天空

那時你提起一鍋早起
燉煮的黑羽土雞
從廚房穿門

晨曦飛蹄路跑而來
給補
暖胃　極身
沾滿了蜂蜜
癒合及第

記得你來的山頭
還貼著薄霧
漫透些許天光
讓初溶的夜滲入乾癟的沙
親晤如雲影「潤物細無聲」
迎向一條充滿水性
漸飽恆在的子宮裡

銀閃閃髮的你
至中之眼的我
茁長青春的她

換人盪起青春的
鞦韆
向前盪到阿嬤空遼的
天空
後盪承繼媽媽一望無際的大海
飛簷以沫
　三代同糖

五月的風

風與天空　之頂
繞旋
雨與母親　之岸
如沐

春風
與五月共有　透視
記得的是風雨所有的
形狀

掛架

掛了一季又一季的那件洋裝
裝上此時復古的潮風
尚有新春衣櫃架式
粉彩的繡面
一舟霞光

獨立曲線　應猶在
只接收主人　走遠影景
輕盈

迎迎而來　超現實力
削薄　冬眠厚度
疊成　夏天的彎度

季節過後　重重折折
自然線條
託付
一起蝶飛　母女衣袖
自如跨界

秋實

幾顆柿子擺放桌上
靜物描素　落輕影

遠看像群山的紅樹林
橘物如晤
走動了秋光
闊步
照見那旁全年無休的
大灶
火火的紅燒

時光嘶鳴　風展顏
秋柿　一櫃
一爐
新裁的月色拉長
拉長一幅　一張
最愛的畫

拔花生

落
花生　沒有落下來
是晨早
母親帶著老牛一起
拔下來

犁田後移動粗硬的身軀
種下花生　田梗阡陌
帶著五個小孩的女子　跟隨
日升月落
壓著一畝畝泥沙

糧作　旋起
初夏　翻動
一切生活的農物
在花生田中　原是
藏了命礦

任由
大大陽光晒成
一座凝固的
田鄉

魚丸海菜湯

大海湧動的味道
熱騰騰回到一碗魚丸湯
回到一隻
不會煮字的手
恆在水中勞動著　　能磨
萬動的手

打撈海菜　捏著
狗母魚　除刺　拔骨
以鍊球速度
快轉　擠出白砲袍

小魚丸子
咚咚出爐

捶打魚丸的手
響起鐵砧板著火的聲音
那道跨過
門牆建築大灶邊的
火光
像是黑暗中石頭碰撞石頭
最美的
火花

閃電般指向　一顆飽漲的心
受益了食慾與雨水
追憶
那轉頭的瞬間看到一籃白色
存在的重量

大海的大眼煮沸了
一碗熱騰騰魚丸海菜湯
想回到
媽媽還在的日子

陪伴

在薄暮年歲
陪伴就診

看眼
看骨
看手
看腳
不看底心

見山
見水

見星
見月
不看底境

再見心
再見愛
再見您

晨月

粉亮色的晨光中
大地練習甦醒之眼
月光耀動如搖籃般
吟遊天空

細遊的月河在天空
落定
塵埃開始有了渴望
慰藉的雲朵
釋放了昨夜枯逝土壤

載著一直歡笑的臉
來到這裡的月光天使
用你的臂膀站上
遺忘的心戀田野

晨起我將開始在你的目光中生活
均勻呼吸的微風拂曉夢土
盯梢在最高的樹枝上

跟著我心沿河而行
攀升月之光誕生的
時辰

餘年

坐望在水雲間的山
多年灰濛　都
走山了

雲朵離散大去
鞦韆盪起
昨日的倒影
為全部的世界

還在

親子裝

——祭日

我與媽媽穿同一件衣服
在不同的年歲　不同的身形
不同時空　丈量尺度算計
袖口大小
卻是
相同的溫度

那是女兒傳承衣缽
以志業基因爬上
溫層樓面

夏天的
洋裝
修過變輕爽的一樓了
冬天厚重的
洋裝套飾用了新戶
名號　卸改成高層樓
留住在基台
即時動態與自己現況
及屋
愛屋貌同溫層

她走的時候嫁妝的
裁縫機
陳年鍋鏟　微白梳子
舊的衣櫃
都送出海房

不時的海湧
陣陣來時　飄泊的衣飾
四季的調味
極像
橫渡海洋
波的羅列　殷殷巡邏

圓

來的及的青春

用七彩繽筆
在天空
揮灑
一座虹橋
映照碧波
對望成
圓

似圓
來不及的
似漣漪

是圈

層層規則　不規則
都來自最初的
心

那些溢盈出來的
及與不及
都是
圓

天堂

母親給的一碗甜品
整個夏天
我們都在沁涼

芒果仔芒果青
芒果叢
您勞動後買回
削掉走樣圓形果
我們吃掉一個
一片超黃黑熟的
五分芒果

拼化了餐桌上
一碗海埔
新生地

甜甜的創見一種
脫胎方式
芒果冰融薄　分食
解饞了孩時的我們

熬補飯食
那樣的稀淡
換吃這碗甜品
揉合自製單品粉圓
一粒粒滴流下來
順著　滿足
繞著瓷碗側邊

鹹粥配甜品
三餐咀嚼出濃郁的滋味
轉換極像玩勝的
大富翁遊戲
整個
鹹鹹間度　微苦甜嚐
餐桌食歸宿

把您的大海啊
打開
整個夏天都還在
沁涼

輯二

在你的天空空靈明媚著

在你的天空空靈明媚著

走回少年澎湖
憶那朵最早出發的
浪花

那些聲音氣味
形狀光影
真實相信　壯麗山層的
玄武岩
海底似棲
如礁　珊瑚
蝶式的薰衣草森林

盛開

悄悄然眷戀你
島嶼的天長地久
千種萬化的浮升　執手
偕老的滋味

靈敏走過一回
北辰文康市場
觀音亭與案山海邊
那些浪的步伐緊密不斷
跟隨我

跟隨從心
不曾乾涸的
明媚少年

石蚵的秋天

海邊
防波堤，吹皺
石蚵掛著岩上秋風
急待　退潮

退潮後　潮間帶
輕挖石蚵小圓貝
咚咚咚咚　晶瑩倘佯
裝起一籃

瘦瘦少女鋤獲　一碟
灰藍潮蚵　鮮物手作
初夏鳳凰花開
從海田餐桌料理
歸來

海很近
坐在大海的窗口望　珍材
掀開
年少鹹香味

素顏的沙灘

沙灘的顏色
踏上的都是白色
金色
黃色
或金黃色

延伸的色差
灰黃的灰黑的都不是
家鄉的顏色

白色綿延千里　素顏的
才是最初最美的

風茹草與珠螺記

春到了　草地青
黃色小彩風　開山坡
是風茹　淘洗迎人

往下看　是潮間帶盡處
一種花樣　開出年華
獻出的珠螺
和茹草　共生的海陸
靈動

耐旱　耐鹽　耐風又耐命
茹草夾雜著悍風　急速
朝向天波湧擺動

而珠螺潮間帶出落凡間
接承又散起
一條翠浪潮花

風茹與珠螺
風茹草與珠螺貝
特有的海風味
獨有的山坡　奔流的海域
天厚的　童年
在海岸裙擺
裙行

仿林亨泰詩作風景

澎湖藍　的
外邊　還有
澎湖藍　的
外邊　還有
澎湖藍　的
外邊　還有
澎湖藍　的
非常

而天空
以及鳥兒的

飛行
而天空
以及鳥兒的
飛行

而歸
飛行及飛行

回鄉偶記

在臺北城第一道光中
備好翅膀
飛過最初始的
鄉思的深靈處
呼吸

愛上拔高千里的藍空
愛上層層藍空
看見
島田自無涯的汪海中
甦醒

天空有些宿醉藍
有些細語藍
有些迷糊藍
有些深淵藍
非常
澎湖藍

澎湖藍的天空攜手海藍奔馳
穿越過去的
流淌現擁的
瞬間藍

渾體不覺的
被解數
穿行著　鐘聲藍

古厝已售

故鄉青葉的石濤
遙想的浪聲　捲滄舟
一舟一槳　遠航

背井少青滄海
遙想的雲舟　立輕潮
古厝　咕石
一磚一瓦　蓋起千雪
深淵的　黑水溝交流
島田村落殷實座落的地房

百代勞動先祖
大廳　拆去桃花人面？
曾經湧渡的
黑手在這裡止步？
檀香渺渺　冉冉升至上空？
標示這長長的
古厝街道？

這已售的厝啊
年輪重壓椅廓下
那些海夢真實已瘦
古厝已售　早早完售了

剝蝦人

蒙面的婦人　坐在屋前
剝海蝦　一簍一簍的
圓盤　翻裝紅色血氣
鮮物　怒張的刺劍

用坩子剝開
剃掉頭尾殼身
抽黑腸
軟軟肉骨從那裡挖出
柔嫩的紅澄

沿路走向碼頭
鐵皮屋頂　撐著熾熱強味
紫紅蝦味　小孩和著蝦醬泥噴水
瞬回到貧瘠的童時
消長的　伸空的
年代的蓄寶池

學習做
個堅硬鐵罐子　踢進剝蝦廚場
而跌坐的婦女
用海水苔藻綁著汗味
上街趕路　咾石屋的級級步
蝦和殼竊竊私語
那聲音被圈定
也照進船艙
一點明亮

年輕人都出走了
到都市大城工作
魚網饞食少量的鹽分
填上海埔　新生泥地
離開海洋的魚蝦
焦褐的捲縮
從船尾微顫慄而墜水

夜逐漸倒空　時空從
思緒重返　在那兒綴補童網
網蝦的人更少了

童年牛頭山

舔為高度鹽分海埔
新生地　找不到
肌膚的擁抱口

渴望舌頭說從前
小祕密基地
牛頭山

學童一起塗抹泥沙
捉迷藏　烤地瓜
下坡路海邊　撿海貝

石螺

誰也聽不見潮流
漂動　搖曳的管芒花
客想走回故鄉岸上
佇立的山岡

曾經　歡喜朗讀童趣
聲波始自
黑瘦身頭的流愴
曾經　美麗的海灣
在地的牛頭山
走失了

還我　一骨鹽海的力量
學龜漂游
輕輕熟稔推出
我的水面

童年往事

木瓜樹站在後巷
無所事事觀望
窗邊跳格子躲避球場子的往事
往來聲音是
誰家媽媽
喊著回家吃飯了

那些麵條　麵疙瘩
包子饅頭　擀的蔥油餅
一稠稠香味
飄浮在午間玩耍的巷口

麵香芬甜的記憶

打空鞦韆的風
通過漫漫的家家戶戶
麵粉袋繡有補給
補給了稚嫩的臟腑心肺
補獲一群戲鬧童生
丟個爆竹罐　收攏了荒蕪

一個長鎖解開童年笑臉　同學會
重新來過
調煮的月光　織穿麵香
越過那年的欄杆

一起打開
夏天後巷沙沙的風口
那個空透明亮溫暖的

歸來

——記案山鱖餅40年

臉上海枯的霜啊
她坐在童時那棵大樹下
手作魚鱖餅炸個
年輪型　鹹香滋味
螺旋成圈

再走千百次鄉路
一塊愈嚼愈深的魚餅
蹲坐的樹方
熱賣的是今日現炸的
食光

立

我在一株木麻黃樹下　防風　防沙
一張歷經風沙的椅子
依著　夕陽
沙灘推出孤葉
浪激疊起枯木

日頭如鹽水　木麻黃恍然遠走
椅子裝滿海光聚影

帆　停擺在海邊惟一
天地

輯三

容許存放社工師的大眼

空城

——選與能

一枚官僚在城中拉下
落葉
地誌系別　務自裏理
泥路

兩行行道樹所環
及工程取悅眾士　陌然
一片暴力　蹴就
改寫夢的方向

一副曾經熾熱光線
對肆的棋盤
各據西東
枝幹彎向更黑暗的一方
擁有的青城
直逼細節　灰塵積集
看腐蝕的過程　萬里
刻痕

一樣的滿葉　星城
卻是　幻象空城

反改革

反
手執止痛藥的提案
改
時代漸層次的力抗
革
尊嚴與載金的消耗

汽車駛離城市
綠林變成水泥
水泥變成荒原
荒原成為平地

平地漸成空地
當眾議之事剝落一地
眾事治理一城
不變

眾事切割一誠
不變
汽車如眾勢向後行駛
林蔭小道的輪子
沒有停止

夜赦

你的輪廓鮮明　沒有
糢糊口狀　眼出走　唇微張
禁語卻趁夜景
逃脫　越夢

挾持惶恐的世界一走
而去
一顆愁喪的慧星　航行虛空
被波及星光
無助的擁抱
惟剩失聲的房門

喉嚨深深而沉默

一張沒有天亮未完的信件
橫躺於書桌
像你的輪廓　流星般飛畫
一空
埋於夜的墓園

他們是一群氣喘吁吁
獵犬　追查你的輪廓
影子早已精準定位

如此險惡　黑暗
之境　認屬你於群組
合唱隊中總拉高一音
唱和著其它低音

你終將投身新建物
抓住風的根
在家園庭院採集新蜜
天體循環　化孕星辰
而光房
將向陽而建

公僕失勢記

一週上班超過40小時
稱為文官的勞工先進
作了最新的表率
堪與勞基法施行比帥

從考試排隊進場到
想脫隊
如此
不合時宜的士人
這世代差別型
來勢所趨

工作全勤
下班無限下線
做成實職的
功僕
因應民意民勢
時代更迭意求

先進公僕成了高端頂峰
踏步的底層工僕

不逗留
下班的時間到了
務實卻待守
機關慣老闆說
加班時數有上限
　　　　　　費用也有限
補休更有時限
沒空間的時間

補與休都空存帳號

曾是排隊等候入
公部門的人
隊伍長而遠
而工時也無量無數
責任而為
彎拐的大潮流
奔跑的巨流
主子老闆及民代
唱和高曲

一個個又一堆堆　上榜的
榜上人
像極了穿著簡衣
外套
掛有重煙燻味　腐蝕

本體位之勇夫
那麼時不我予
這麼時不我在

為官瓦解的體制
從第一回排隊進場
到迅速脫隊
不合時宜的士人
凝縮為漸勢的
凍頂人

昨日走過重慶南路書街

昨夜暗色中
跨走衡陽街道
舊版書
陸續跌下來　打不中
青年書生

橫行到重慶南路口
書店刊物載種語音不詳
窗邊臉顱框不了文字
青春淨空

快浪衝刷滾燙的漢堡拉麵店
速拆的天橋
在壘台前吃堡飽

人面河流
執念今夜的前行
衣領翻新　明天
來嚐鮮

迴

我是來看海的　坐在
那年你留白的椅子

驟雨臨降　隔著山風
等候海灘的一天
一瞬的　不散不見

原是老傾的舊站
一幢曾具風霜店址
已建成
新風貌轉運站

進出入站口　風撣動
舉目的人群

人群裡　存實似移
隱隱逾越鬱積多年
在早春沉落花瓣

萬年高塔
徒囚至望

秋決

——藍綠鄉間

秋時決　定江山
處之優　而後憂

民生岐　進煙硝
民百腸　黨千迴

國也憂　民也愁
秋來恨動魄
秋去恨驚心

從此平秋色

絕行的火神

——記九・二三屏東明揚國際大火消防員

起跑路上望向火炬
閃閃發光的身軀直行前往
如一顆猛烈的炸彈
執勤

綁著勇敢　與正面
總是與不義對待
燃燒廠房場景衝突
面對面　對絕　霎時爆破的面容
疼痛的身軀頭殼上飛

又下墜

欲救出一隻一張一滅
一生一口
一顆巨大地球
在胸腔裏的心事從而躍出
有種亢奮
鮮豔的節奏皺褶成憂慮的調色
從這裡走出絕滅的焰火
還是無法再插入無辜的手

炬火氣勢磅礴
行別了絕路
是英雄的溫柔
震撼彈動多少人心
懸淚崩塌如懸崖上
凝視渺茫的空洞

悉聽亡命的天空
照見多少次
信誓旦旦「人員補充　裝備充實」
言耳妄鳴

累次出演自己身體
在火光裡厚握這副
頭眼耳鼻舌倒入光
倒入火　感觸沿肋骨
攀升
衝倒成火神

通膨時代

愛的過往
躲在衣櫃堆滿溢　緊縮密度
短袖
飆價常年
藏在牆裡

高低　迂迴
走過高空
熱氣下滑　就用同伴的帽沿作為陰影
涼爽空間好運行
搬動皮衣　皮屑　腰扣

襪子
那屬於房櫃的
統統遞減　正大
光明
藏在牆裡

有人
無所不吭
安躺於燙衣板
出現一拳火苗自嘴角
墜落
即時插在右心房的劍
在左房邊待命

漸行的遠方　身體乾癟陷得像薄紙
思絲壓縮
集結　儲物　挖掘

涙線斑斑
將靈魂的種子藏在牆裡
澎漲之愛已老的貨流
轉為放送

愛或爭鬥的

——一個國中生之後

光天化日下的校園欄柵被掀開移除了
拎著一道黑色鑄鐵彈簧刀件
手作的插上秧苗
而入
那碰聲棘棘又急急跨響
午餐食物鏈條
還穿著制服的少年
教訓另個少年　腮頸兒
揮動無法管制的

身驅衝砍同儕

所有心靈的道德的
形體的法律的
紀律的防線早已
瓦解在嫉妒的仇恨的
缺口
而執行　校園輔導與管教學生辦法
燒光無辜的一群活炭
卻似能
保護一個生殺者的
活路？

校安猶如國安
校路行卻如虎口　安全網頁闖
戮場　教育防治巡迴
道別

重重行重重
量測愛或爭鬥戰略
去護衛少年？

一座中學校園在永塚聲中
震破臺灣的天空
那學習台前立上
火形柱廊間
沿著大人世界談論的戰事
沙礫路面而曳行

血未凝
行將止燃
無戰事？

錮

——選與賢

一言　真如九鼎
堂上　座了最終
判決

成為囚犯　我們捲曲於
如牢籠的牆角
高速鐵馬報告牆外有
飛鴿越過觀霧台
腳健行急　湧進一道
下午密雲而下的驟雨

牆外
已然更迭了朝代
木頭仍在子與民的掌紋路徑焚燃
叩門窗密道懸未解鎖
迎風簷下　閃避
而陷落命運軸線的
懸崖　察訪已晚

選與賢能　搭成一套
教材課書
成材前受過
專業雕塑
把最銳利的身軀磨練　磨亮成圓
因求形不同
竟磨去顏色

我們在城市裡學習自我判決
在囚間放逐
舉杯

睡與醒

——藍白之間

睡忪間只要一張一閉
就可一目了然

正負組裝
不過是過夜鬆弛的
電力
晃然
一眼即
照見天明　談協又商和
湮沒夜叢的眼睛

有人伸出陳牆縫隙築城為堡
雨滴結痂在路上行人身上　寒風
封口了淅瀝雨絮
蒙成空無的洞
這一面空洞茶園色調的牆
誰知砌址成網

所有纏繞的道行也不用
石造才固定
分盛許多細雨零瑣部分的繩索
而陳舊的繩結褪成皮質膚色
淺草如寒天颩風的臉

任白露屈喊　風乾了
天色　黑夜步上曲牆
覆蓋了遲到過客
空虛的被褥

藍色燈光睡著了
而白色靜寂聲在襲站的灰牆上
自夢中焚化了

小滿後走過青島東路

天氣是潮熱偪促的
體能拼使勁衝破
防線

那些排隊雞排小販
知名豆漿店家
連鎖咖啡店
日常的
販售　庶民生活
那些聚集團購潮線
湧進沿行忠孝東路

濟南路
趕赴抗衡議事庭隊

在國院溼身的梅雨季　與
沒雨季節
街上　怎也
無法使人乾燥
溢滿皺紋的浪
滴滴點點
潛伏於每一個細骨
拍打生活輕食的軀體
直擊
海浪的胸臆

練習波動
一首尚未被命名
「大滿」節氣的詩作

繼續健行

註：小滿為夏季的第二個節氣。

輯四

給我小詩生活大觀日出

大地第一支舞

——記國際會議中心梁祝小提琴協奏之夜

跟隨著步伐
踩著樓台的煙波
奔湧出相會之眼
沉吟不決

蝶飛泥路　踏在滿眼的
樓前
搖晃著輕柔的樓門
隱身一株株的唇
牢牢生長著另一個人影　旋舞

影子
從千山棧道走來
帶著那般肥沃的誓言
不可動搖的靈魂

你們就在花裡　佇足
提著火熱的雙頰
旅宿在花前山腰
旋轉此時的山風
此刻的海雨
所有的　揮動同一個方向
飛去

齊與同落　並蒂同飛

穿過你們會意過垂打過
一起張開翅膀

帶著移不走的
千牆光線
世界最早的翅膀中
聽見眾弦在你們身上
解開
回生的密碼
大地第一支舞

臺北城的天空

一

你飛過的天空
劃向藍星　轟雷相望
我們彼此的意念登爬
巨塔

二

藍光在天靈中　即使
幻散暗然　不讓前來
擷取色身　失空
一只光芒　追奔同月

夢的棲樹

三

萬物叢中　有彩
黑白兩道　有光
妝點成
星空的自然美

四

第一次離開　臺北
星城
光年後　再次飛
尋尋且覓覓
念想
一片春絮
飛散漫天蒲公英子
還要　如第一次種植

著夢境土

五

我將飛行夜空
機霧輕輕替你擦拭
你降落的村田
就是我的境土

六

我們遙對的星
藍空
月弦舉手

同游

從童少的筆出發
穿過島的畫布
載滿了海草的鹽分

舊時光無從稀釋
多風的浪
我們同滋同源
你是雨絲
我是井水

我們同灰同塵
你為岩　我是石

島嶼興風作浪爬上
同一座
身世鄉情
你為風　我是浪

靜默默　拭擦浪後時光
線遇光　慢慢地湧游
抵達曾孤僻的地標
而海正藍

回暖

今日陽光正暖　備受冷落的昨日
去蕪
美好句子　游走臺北城
大街小巷

蠢蠢欲動的詩　存菁
乍現
血源的祖譜系列
乍隱
出入平安
此次的逃生轉承

為出生於白的第一個
句子
一個段落接續
另個下一行

翻閱種種韻腳　踏破
枯竭時刻的無覓處
擅理於口中默念
喚起不只一層
解釋的詩句
消化手術台上的所有麻醉劑
輕仿一些骨盆一些金屬
來咬合

面對丟在眼前的處方
表情如此淡然
而外頭等待的聲音　引流

不曾離去
記得回暖的模樣

臺大校園的花悟

夏至，穗花重重
纏繞
瞬開一回
頃落無數心事
開落唯朝思　唯暮想

棋盤垂掛　長長對弈
一舉，一動
飛絮了　夏夜花火

如霧似穗

朝雲如密　絲扣
天明　謝去

註：穗花棋盤腳——朝落夕開之花。

來信

謝謝臺北城　一封
來信
走過我川前
乎前乎後　以持溫柔
以池為荷

謝謝你來信　走過
我的花池
圍著晨露　含默盈盈
水仙花人呀舞動

謝謝你來信　前來我的
青衫少時
那些　夏日繡下蟬鳴午後
刻成一首不決堤
純真的一　泓麗髮

謝謝你來信　共構的
詩路
迎往　流轉過
千年陽光

春天尋櫻

送你一個鮮活的夢
走向剛剛好的陽光
密集性吹拂著
春風

送你一個雙臂環海
忘情擁抱的夢
山風海雲定定著
端看天藍

碧雲天　額頭輕描

黃色的淡斑
細紋
放鬆折散
烏雲帷幔輕聲
接走

送給你我的一片
早晤的夢海

那櫻櫻期盼的春天

城南煙雨中

煙雨籠馳到城市中的
森林

出去迎春的時候
聽見我們的眼睛
漲滿了層樓水澤

被籠霧的水城中的森林
汲取了早起城南的燈亮

這自然的歌詠

是一個跳好的心
惟此燈在律動

杉林溪戀棧之旅

晨起　沿環湖步道走進
杉林溪喜悅微霧裡
和著
朝雲的鳥鳴

日子倒映在銀杏湖上的
花瓣　影子說著
風起
蹓門敲心

催燒你的寂寥

蕨類遍園　茶田脈脈
喚醒雲湧之眼
那俯視是青春溪邊的我

在水杉風迎的飛越裡
你是盈盈走來
轉金黃的
晴

你是帶我走入湖光山林
唯一的嚮導

註：「唯一的嚮導」仿楊牧少年的詩句。

在北美術館遇見詩

在北美術館遇見詩
一幅皮膚盛滑綠野森林的浴畫
腹肌繾綣著　瞳孔的
月光
聲音來自風濤的林間

在北美術館遇見詩
讀過一件奏摺牽引的
春季
你的指紋繞著古城堡
頭髮披露著及夏清風

音韻來自未修剪的月影

你挺胸　可掬的步履
擠啐肩骨頸骼
灼熱血液　漫開

1983館裡的畫冊細明的聽見
栩栩鮮活　經年築巢
可時間的斷垣　時差的語言
分岔

深伏走回綿長的畫海：
「我們相遇，在這兒　四周是注滿　水的田隴」
滿潮的阡陌
作了回覆

註：「」借詩人林冷詩句。

詩行

——讀雷馬克奈何天感

似水年華如行詩書路
既長且遠
是一條涉水而過之河
不會忘記將水聲帶走

這麼多年
不管苦悶倦怠和這一條河流
時常在詩心中奔馳

當再涉水抵達彼岸時
剩下枯枝時光
掛滿層層帆蓬
仍直湧帆行到
森林的濃綠遠方

而那河面的浮萍向左
向右飄移
在靠近夏季的地方
盛開倆朵三朵多朵
朵朵白色的繁殖詩意

「他從一站到下一站的
賽車歸來
她從一次到下一次的
嘔血逐放」
站與站　累次間數

他們都在河上煎葉
爐架上
滴答滴答著

在此岸彼岸之葉子
乃至
一株嫩芽
一片森林
和無數時光吟歌
沓走了水聲

愛的一天

一

想念　而成積雨
懸掛在捲捲愛的絲帶
無定之狀　糾纏

二

積雨的街道　杜立
只是一件回收家具

三

浮在水花上　具形成象

像個瓶蓋　齒輪條列
彎曲成折線

四

線性　三角　多邊　扇形
形形色色　滿是折疊
樣態　積非之地

五

愛的形狀　見底了
映照只屬片面
切細的雨語　留了全心

候鳥知行

——大湖公園觀鴨鳥記

找一道長長的水岸
車道前行
去看早晨寂靜的湖水
一些黏附於水底碎片的
屬於日光的記憶

亦步一輕盈
面容恬靜，行走似水流
此刻他們漂浮水面

波的後面波及
波的羅列
發出冬至後
長日短夜的
音符

音符俱足
唯有精靈能感知
靜立的湖　水花
漂亮地閃了幾閃
笑容漣漪般
在我們臉上
一圈又一圈

一隻白鷺　拍翅而去
釋出的　天光漸朗
掠水的鴨鳥

如此歲月
　一湖清澈的鏡子

風生，水起
如蓮生
守候著
他們的世界

蝶與花

——攝影圖

在時間的田埂上
他飛向前來
引望那白雲密布的天空
讓微風啄出
一小片藍天
伴與走進安靜無爭的
山田

彼此如此靠近
咫尺方寸　護守相持

帶著耀長翅膀
向最近
恆遠的藍天
飛舞

和風大地　泥土最深的
堅持
一種持續升上的
力量
加重耘耕向下的
腳力
腳力與升力
吟哦一片美麗風景

一條萬物本源
回鏈之繩

絲連如親情　穿飛
天空　之境

四〇三地震後兒童節與清明節同一天過

不要糖包
不要奶球
用甜心卡
買黑咖啡
一杯釋放能量
震動苦澀的
深山之旅

喜愛淺潛的暖色調
喜歡緩緩山頭升起的
炊煙

復舊的鐵路迎光的
旭日

而純粹古典栽種春天的種子
棵棵大樹茁成
必屬於挺拔

大地給我們一身走春的花朵

見髮

喜歡拍你的背影
髮彎彎曲曲
揚起
風的閃爍
燙染在你芬芳身上
靈巧舒卷的
走街

許了個祝福
祝願你的心
在未來的路上

越折越小
越小越順

髮流度
裝下我們初學的舞步
釀酒的冬雨

冬天的口袋

深深的
那年冬天裡的口袋
嚐到鮮活的栽植成功的
手爐
一式烘成甜點

閃閃的
那年冬天的口袋中
交相織熱的青春
一雙叉子
日午的陽光醺晒正藍

冷冷的
冬天的一把火
人的風景遠遠的　流連
隨機占領　款款的牽手
更新了
都市街道

輯五

另一種路過山海去采風

另一種路過

路過　是一種最美的
動力
也是一種最自然的
踏行

水鴨　路過河　你健走
理想天空
路過了　綠水
街窗

落葉路過街道　你的
生命
路過了自然確有所知

輕輕的行路
路過龐大溶雪的山河
路過的背後　你一定
知道

路過　是一種最美的
波動
也是一種最自然的
脈動

路過了鄉村與城市
長長的　遠遠的天際線路過了
文明路

也讓我們知道
存在的力量

註：第一行仿詩人蘇紹連句。

穿林

今朝入林
一座綠光　輝閃
曲直入閣　盡情奔放

綜攬群山　邊走邊讀
喊醒詩路　穿越
田林野外

那些一株一株
文路被展示開來　且
靜靜地　喚出

原點

初見面時　你是我的最適點
曲線切過直線
在交會的領空
奔流

那獨占寡占彼此的領土
緊密一條通透世道的
天際線

當一往轉身　深情不再了
占據心頭的小鹿
一動也不動回到
靜坐的小路

移

我想移居你的山邊探雲
我想移居你的窗口尋光

而那山頭　窗口
此時已架上漫升霧台

且行吟　移開住屋旁的
分隔島　移開
傾委小園牆
隨春花騰升到我的窗台
看個花簇年少

錦音初和

減齡到最少　減齡到最
初蓓蕾　減了山丘時間微熱
徑向巷子口
青鳥

過橋

一朵水花從橋下過
過橋的心情　如風中的早晨
只要跨越　迎向你

一朵水花　從橋下過
兩處情
渡風的心情　迎曦
迎向你

橋上與橋下
正面迎向風　故事越過

繁雨兩岸　身客倒影
映出未懸　完結篇

一朵水花　今世相逢化成一片海

定義

——花神那麼遠？

花開是你的回韻
加快腳步　聽
筆尖動畫的
奔放
花期這麼近？
花落是誰的墜聲
款步沙沙　看
筆尖安靜的
飄零

莊園林中荷葉田田圈

把花插回莊園叢草中
尋找一個存放春盛
開放的位置

以你的旋律巡迴在林
園中
渾然成熟的海藍
天成熟悉的綠色
能量爆發了
穿梭半百的海底森林
讓珊瑚礁環扣著玄武岩

海陸層層
讓走遠的石礁向上裸露
保持柔軟
讓硓砧石阻擋一切腐蝕
向海風開放
嚼著適當的陰影
與陽光
總在那些沒說出的遠方聽見
盈盈的風采
讓緊繃的心裡有河
田田

夏初，結冰的池園
水生的我們，忍悟各自季節的灰塵
裁剪些越界的葉
一枚蓮心爭脫眾窗
豎立
在綿綿的浪上

對著你的山嵐大海所見采風

我們走過的河道是樸實的
　句子截彎取直
暮春時節流順
暢飲

青春沿岸所行　一路
所飲　所見　所思
共渡的地方　坦露
如天石
中年閃爍溶進
壯麗

大觀如海　比照世相
道路的險阻漫步　多麼
恍然而淡若

我站立你對面談及
多霧的山嵐　用
你的百萬卷書　磨了千年堡劍
　為是
重啟祥雲　收拾鞘劍

走了風雲帶　卻除
深影 逆流湮沒
視野　順流而入

迎你波濤闌珊到
終老風采

一席之地

攀登之山　空曠寂
　此山中　霧盡
　　散離

迎濱之海　靜遼闊
　此海盪漾　天雲
　　卻潮

　不期而遇的山
　不期而遇的海
不期待而遇的山海

不期待全然而遇的山顛與海派
　派遣山水畫筆
　塗填空靈處
　塗滿凝望涯
　　岩石甦醒
山中神曲　開唱
水舞神韻　圈地

不待的期待　前世即是
　今生　及於來生
　　不再折舊

在山裡海裡　來過
　　此山緣
　來過湄之角
　敲響大地
　拖拽一席

秋水長天

隨風而來　僅有這麼
　一次
潮汐　漲起你若然的
　　影子　覆在
　　沙灘上

隨風而來
僅有一次的花開
秋天　啟始你的名字
　　留在　掌心上

隨風而逝
你的背光　世紀末的
　交接
還靠著好近　好近

沒有什麼可以停留
　高塔低崖
　爬升和降落
　　去相來相
　無來也無害
　盛放如收束
　　現在扎繫
向天稱地　臣僕
　　當如
　如來走過

觀林布蘭自畫像

看見自己的畫　畫在你的畫中
綿密打理了60年
砌刻成一條年暮的
長廊

馳遊星光燦燦將自己
沖積最富裕的春天
眼底罩著朵朵青髮
而今明細紋布滿黑灰
相間

誠實的天空
過濾了
美鏡

畫出你的風景
一幅自然運轉的鏡相
層層目極
不暇給
的我

讀詩人178　PG3121

詩思穿林

作　　者	林　蘭
責任編輯	邱意珺
圖文排版	黃莉珊
封面設計	嚴若綾

出版策劃	釀出版
製作發行	秀威資訊科技股份有限公司 114 台北市內湖區瑞光路76巷65號1樓 電話：+886-2-2796-3638　傳真：+886-2-2796-1377 服務信箱：service@showwe.com.tw http://www.showwe.com.tw
郵政劃撥	19563868　戶名：秀威資訊科技股份有限公司
展售門市	國家書店【松江門市】 104 台北市中山區松江路209號1樓 電話：+886-2-2518-0207　傳真：+886-2-2518-0778
網路訂購	秀威網路書店：https://store.showwe.tw 國家網路書店：https://www.govbooks.com.tw
法律顧問	毛國樑　律師
總 經 銷	聯合發行股份有限公司 231新北市新店區寶橋路235巷6弄6號4F 電話：+886-2-2917-8022　傳真：+886-2-2915-6275

出版日期	2024年12月　BOD一版
定　　價	280元

讀者回函卡

Printed in Taiwan

國家圖書館出版品預行編目

詩思穿林 / 林蘭著. -- 一版. -- 臺北市 : 釀出版,
2024.12
面； 公分. -- (讀詩人 ; 178)
BOD版
ISBN 978-626-412-038-8(平裝)

863.51 113017873